Marie **DEVOUCOUX**

PALLAS

1914-1915

PALLAS

Marie DEVOUCOUX

PALLAS

1914-1915

FRANCE

RÉVEIL

La Muse, ayant cueilli quelques brins de laurier,
Me dit : « Adieu ! Je sens mon ardeur affaiblie ;
Sur la lyre, ma main ne sait plus varier
Des accords dont la force à la douceur s'allie.

« Je ne sais plus chanter l'Amour, cruel enfant !
Ni le poison divin qu'il distille dans l'âme ;
Je ne sais plus louer le soleil triomphant,
Et les matins d'azur, et les étés de flamme !

« La langueur des déclins souffle dans les pipeaux
De l'automne aux longs soirs tristes comme la tombe ;
Laisse-moi !... Que nul bruit ne trouble mon repos ;
Dans la paix, le silence et l'oubli, je retombe ! »

Elle a longtemps dormi, mais la sombre rougeur
D'une aurore de sang se lève sur le monde :
C'est la guerre !... et soudain, voici que dans mon cœur,
Murmure de nouveau la voix grave et profonde.

Elle dit : « Les morts seuls dorment d'un lourd sommeil :
Quand un peuple est debout, tout vibrant d'espérance,
Quand d'allègres clairons sonnent le grand réveil,
Je tressaille à mon tour !... Je veux chanter la France ! »

PAGE D'ALBUM

Sur votre album, ô jeune fille,
Je voudrais tracer un huitain
Gai comme le rayon qui brille
Illuminant le frais matin ;

Où je vous parlerais des roses,
Du printemps, des oiseaux siffleurs,
De l'Amour et des tendres choses
Qu'il dit tout bas aux jeunes cœurs.

Et cette chanson opportune,
Je voudrais l'écrire en plongeant
Dans l'azur ou le clair de lune,
La plume d'un cygne d'argent !

2

Mais, hélas ! le canon qui tonne
A chassé les oiseaux des nids,
Le printemps, morose, s'étonne
De trouver les bois dégarnis.

Sur d'innombrables tombes neuves,
Gisent des bouquets effeuillés
Et, devant les crêpes des veuves,
L'Amour même s'est endeuillé.

Je ne puis songer qu'à la gloire
De nos morts et de nos absents,
Car l'heure est aux pages d'histoire
Que l'on écrit avec du sang !

AVRIL 1915

Le ciel gris pâle a des trous bleus ;
L'hiver morose et froid recule ;
Le jour se lève moins frileux
Et s'attarde en long crépuscule.

Des tons fragiles de pastel,
Dans le lointain, poudrent les choses;
Le merle lance un vif appel
Au fond des vergers blancs et roses.

Ainsi, tu nous reviens, Printemps !
A travers l'horrible tourmente,
Tu vas jeter, frais, éclatants,
Les dons de ta grâce charmante !

Murs noircis, frontons écroulés
S'orneront de guirlandes vertes,
Et l'on verra pousser les blés
Sur la tombe à peine couverte.

Muguets, pâquerettes, là-bas,
Vont éclore sous la mitraille,
L'haleine exquise des lilas
Frôlera les champs de bataille...

Saison d'amour et de beauté,
Saison de divine allégresse,
Suspends ton vol plein de clarté,
Ne prodigue pas tes caresses !

Ton essor évoque en nos cœurs,
Ce printemps qu'étaient pour la France
Ses fils, fauchés pleins de vigueur,
Par la mort ou par la souffrance.

Tant de ces héros, fiers et purs,
Enveloppés d'ombre éternelle,
Ne reflètent plus ton azur
Dans le cristal de leurs prunelles !

Ils dorment sous le sol vermeil.
Ton ardeur, folle, inassouvie,
Pourrait glisser dans leur sommeil
Quelque obscur regret de la vie.

D'autres, contre l'envahisseur,
Luttent, vibrants de sainte haine ;
Ne leur verse pas la douceur
De tes filtres au fond des veines !

Fais taire les pinsons joyeux
Et les roucoulantes colombes,
Que le rossignol amoureux
Soit muet lorsque le soir tombe.

Qu'il ne vienne point égrener
Son chant dans la nuit de mystère,
Ses longs cris feraient frissonner
Les jeunes veuves solitaires !

Printemps ! Vois nos morts sans cercueil,
Vois l'horizon rouge qui fume !...
Sur le désastre et sur le deuil,
Laisse flotter un peu de brume.

Garde tes palmes et tes fleurs
Pour le jour d'ivresse et de gloire
Où passera, séchant les pleurs,
Le grand souffle de la Victoire !

LE CŒUR DE LA FRANCE

J'ai vu Paris, moins trépidant
Qu'aux jours de joie et de folie,
Tranquille, assagi, mais gardant
Sa grâce pimpante et jolie.

Puis, dans Orléans, j'ai cherché
Les images de la Pucelle,
J'ai suivi ses pas, j'ai touché
Quelques reliques venant d'elle.

Les vieux murs d'Amboise et de Blois,
Les châteaux campés sur la Loire,
Ont évoqué l'ombre des rois
En me racontant notre histoire !

Tours et Bourges m'ont dévoilé
La splendeur de leurs cathédrales,
Où luit le dessin étoilé
Des vitraux de gemme et d'opale.

Sous la douce clarté des cieux,
Ce pays, berceau de la race,
Plein du souvenir des aïeux,
Que de trésors d'art il embrasse !

Teuton, qui, te croyant vainqueur,
Rêvais la mort de notre France,
Tu n'as pas su frapper son cœur
Avant le jour de délivrance.

Tu n'as pas détruit sa beauté
Que jalousait ton âme vile,
Elle a souffert... mais sa fierté
Ne permet pas qu'on la mutile.

Riche encor d'un sang généreux,
Tu la verras bientôt, guérie,
Écraser sous son bras nerveux
Ton orgueil et ta barbarie !

MÈRES HÉROIQUES !

La joie a pour jamais déserté leurs foyers :
Cœurs déchirés, en proie au désespoir farouche,
Dans un abîme noir, leurs rêves sont noyés,
Mais le cri de révolte expire sur leur bouche.

Tête haute, elles vont, sans paraître sentir
Le poids lourd de ce crêpe encadrant leur visage.
La force que Dieu met en l'âme du martyr,
Soutient leurs pas tremblants, exalte leur courage !

Elles ont des regards d'envie et de dédain
Pour celles qui n'ont point enduré leur supplice,
Qui, goûtant sans péril un bonheur anodin,
Ignorent la sublime horreur du sacrifice !

3

Des femmes, que les deuils atteignirent plus tôt,
Ont gémi sur l'enfant repris à leur tendresse,
Mais celles dont les flancs conçurent des héros
Ne doivent pas clamer leur poignante détresse.

Elles ne pleurent pas les morts jeunes et beaux,
Redoutant de ternir sous des larmes amères,
Cet éclatant rayon qui, jailli des tombeaux,
Met un reflet de gloire au pâle front des mères !

OCTOBRE

L'automne a répandu ses ardentes couleurs.
Les arbres ont des tons plus riches que les fleurs ;
Leurs cimes, sur les bois, font une étrange houle :
On dirait une mer éclatante qui roule
Les ondes du Pactole et la chaude liqueur
Dont le flot généreux fait battre notre cœur !...

Ah ! cette vision, pourquoi n'est-ce qu'un rêve,
Prêtant sa fantaisie au feuillage, à la sève ?
Que n'ai-je, en cet instant, réels, devant mes yeux,
La source de la vie et les trésors des dieux...
Que ne puis-je plonger dans leur magnificence,
Et cet or, et ce sang les offrir à la France !

ALSACE
ET GRAND-DUCHÉ DE BADE

STRASBOURG

Un an bientôt que j'ai foulé ton sol, Alsace !
Je visitais Strasbourg, c'était la Fête-Dieu ;
Les tilleuls balançaient leurs branches sur la place,
Les hauts toits mansardés grimpaient vers le ciel bleu.

La cathédrale ouvrait ses portes. Dans son ombre,
Brillait d'un dernier feu l'ostensoir de vermeil ;
La foule, s'écoulant à travers la nef sombre,
Encombrait le parvis, tout rose de soleil.

Les gais étudiants agitaient des bannières,
Sous leurs plis, abritant des fronts empanachés.
Tout était bruit, couleur, ivresse printanière
Et joyeux mouvement d'un peuple endimanché !

Mais mon cœur s'est soudain serré, plein de détresse,
J'ai frissonné devant des casques allemands !
Était-ce, du passé, le rappel de tristesse
Ou, d'un proche avenir, l'obscur pressentiment ?

HEIDELBERG

Ce pays est riant, ces vallons sont peuplés
Que nous avons tenus sous notre joug, naguère ;
Seuls, du burg orgueilleux, les murs démantelés,
Rappellent aujourd'hui les rigueurs de la guerre.

Mais sur leur dur granit, le temps, en s'écoulant,
A posé sa patine, effaçant les blessures,
Habillant le grand corps mutilé, le voilant
D'un somptueux manteau d'opulentes verdures.

Vignette romantique et noble, où le flot d'or
Du clair de lune étend, le soir, sa fantaisie,
Le vieux donjon n'est plus qu'un féerique décor
Dont mon âme a goûté l'exquise poésie !

Hélas ! lorsque, rêveuse, en un site de paix,
J'admirais ce débris des grandeurs féodales,
Déjà, dans la cité proche des bois épais,
Le rythme de pas lourds résonnait sur les dalles.

Ce peuple, qui semblait calme, accueillant et doux
Plein de haine, aiguisant une épée assassine,
Et cherchant sur ses murs la trace de nos coups,
Disait : « La France aura de plus vastes ruines ! »

ITALIE

CLOITRES

Mai 1915.

Quand mon rêve, glanant au champ du souvenir,
Cherche une vision de douceur et de calme,
C'est sous vos frais arceaux qu'il aime à revenir,
Vieux cloîtres, plus ombreux que les jardins de palmes.

J'entends mon pas, dans le couvent de San Marco,
Des échos assoupis, troubler la somnolence ;
Mes yeux cherchent la fresque où Fra Angelico,
De saint Pierre, traça le geste de silence.

Je vois se découper sur l'azur rayonnant,
Les cintres de Pavie, aux tons chauds d'ocre rouge.
Dans le préau, garni de rosiers buissonnants,
L'air léger n'est qu'un souffle... aucune fleur ne bouge.

Et je traverse enfin le vaste et grave enclos,
Ceint d'ogives, dont l'arc ouvre la pierre grise,
Où des morts inconnus goûtent le grand repos
Sous la mélancolie accablante de Pise !

Cloîtres italiens, image de la paix,
Savez-vous que l'Europe affolée est en guerre,
Et qu'un fleuve de sang roule ses flots épais
En des pays joyeux et fertiles naguère ?

Hélas ! se pourrait-il que l'ouragan de fer
Vînt jeter sa clameur en votre quiétude ?
Que sa rage, attisant le feu, fît un enfer
De vos doux paradis pleins de béatitude ?

Saints hôtes de ces lieux, tendres contemplatifs
Qui vécurent aimant l'étude et la science,
Moines enlumineurs, peintres de primitifs,
Artistes dont survit l'œuvre de patience,

Du haut du ciel, veillez ! Parez les coups fatals ;
Que jamais ne puisse être opprimée, avilie,
La terre où fut conçu votre noble idéal,
Protégez la beauté ! Protégez l'Italie !

LE LAC MAJEUR

Le lac Majeur sertit les îles Borromées
Dans ses flots bleus qu'un peu d'écume ourle d'argent
Sur sa nappe d'azur, la brise parfumée
Met des taches de moire et des frissons changeants.

De grands magnolias ombragent la terrasse
Que traversent des paons, la queue en éventail.
Une glycine mauve, au cyprès noir s'enlace,
Les sombres arbousiers ont des grains de corail.

Baveno, Pallenza sont des bouquets de roses ;
Strésa mire dans l'eau ses longues pergolas,
Qui mêlent aux reflets dansants des couchants roses,
Les pétales carnés de leurs camélias.

Le soleil fait jaillir des lueurs d'incendie :
Ses touches de vermeil avivent les citrons,
Sur l'azalée en fleur, sa flamme s'irradie,
Il embrase, soudain, les hauts rhododendrons !...

Jamais printemps plus généreux n'offrit au monde
Les dons éblouissants de son riche trésor,
Et les astres du ciel ne jetèrent sur l'onde
Tant de joyaux de nacre et de paillettes d'or !

Pourtant, tout semble morne. Une mélancolie
Plane sur la splendeur des jardins désertés ;
L'on ne reconnaît plus la riante Italie,
Le pays de la joie et de la volupté !

L'Amour a fui ces lieux, à sa douceur propices,
Ses flambeaux ont pâli devant l'Europe en feu !
Mars est vainqueur d'Eros ! Aux troublantes délices,
L'homme, épris d'un rayon de gloire, a dit adieu.

Plus de baisers dans l'ombre et plus d'étreintes folles,
Plus d'esquifs entraînant les couples enlacés ;
Des lèvres, qui chantaient hier les barcarolles,
Sont muettes déjà !... Des cœurs se sont glacés !

Solitaire, une femme, au triste et blanc visage,
Suit la rive du lac, se penche sur ses bords,
Semble écouter au loin quelque rumeur d'orage
Et tourne ses regards angoissés vers le Nord.

Lorsque le vent léger, sous sa tiède caresse,
Effeuille, d'un massif, la rouge floraison,
Elle songe à l'amant soustrait à sa tendresse
Et dont le sang, peut-être, empourpre le gazon !

HOLLANDE

MARKEN

Dans l'île verte et plate, aux maisons de bois peint,
Les vieux pêcheurs, portant anneaux d'or aux oreilles,
Chauffent leurs dos transis sous le tricot déteint,
Sur le banc qu'un rayon du couchant ensoleille.

Les enfants, d'un bonnet étrange le front ceint,
Fille et garçon vêtus de brassières pareilles,
D'indienne, aux ramages vifs à peine éteints,
Ont de pâles cheveux et des faces vermeilles.

Ils suivent sur le pré les bonds d'un cerf-volant
Et s'arrêtent soudain... car, dans le ciel sanglant,
Passe un vol d'avions en route vers l'Écosse !

Et, surpris, curieux, les jeunes Hollandais
Regardent s'éloigner les grands oiseaux féroces
Qui vont porter la mort à des petits Anglais !

————————

UN NEUTRE

Le paisible bourgeois de Harlem est content.
Son commerce, en ces jours troublés, prospère tant !
Dans de certains pays, l'on pille, l'on égorge !...
Ici, le clair jardin, de tulipes regorge.
On bombarde, là-bas, à coups de gros mortiers !...
Les murs de sa maison, grâce à Dieu, sont entiers ;
Ses bahuts, que décore une marqueterie,
Ne quitteront jamais le sol de la patrie,
Ses cuivres sont luisants, en des angles nichés,
Et ses vases de Delft ne sont point ébréchés !

Mais le bourgeois, au cours de quelque flânerie,
Entre dans le musée, en suit la galerie.
Les œuvres de Franz Hals réjouissent ses yeux :
Sous le harnais de guerre, ils sont beaux, ses aïeux !

Il revit un instant les pages de l'histoire
Et sent son cœur touché par un rayon de gloire ;
Il songe à des héros !... à de Witt, à Ruyter,
A Guillaume, le noble et brave stathouder...
Et, devant les archers coiffés de larges feutres,
Il soupire : « En ce temps, nous n'étions pas des neutres ! »

BELGIQUE

LOUVAIN

Louvain ! cité martyre ! où sont tes monuments?
Tes églises ? Saint-Pierre au jubé de dentelle,
Les joyaux d'art sans prix qu'abritaient ses chapelles,
Dans l'ombre, le silence et le recueillement ?

Où sont tes vieux logis en encorbellements,
Tes pignons crénelés et tes sveltes tourelles,
Tes Halles, qui gardaient sous d'antiques poutrelles
Les vélins précieux aux riches ornements ?

La horde du barbare a déchaîné sa rage
En un fleuve de feu suivant son cours fatal,
Et tes murs ont fléchi sous le terrible orage !

Seul, intact, épargné par le Germain brutal,
L'Hôtel de Ville semble un grand tombeau de pierre
Qui se dresse au milieu d'un vaste cimetière !

GAND

Gand ! c'est le calme et frais enclos du béguinage ;
C'est un cloître, où jadis vivait son saint patron,
Aux arceaux envahis par le bleu liseron ;
C'est l'eau grise que ride un cygne blanc qui nage.

Mais c'est aussi, débris du rude moyen âge,
La redoute, et la place où dort le grand canon ;
C'est le château du comte, où le clair gonfanon
Flottait dans les beaux jours de gloire et de carnage !

Le peuple se souvient que, sortis de ses rangs,
D'héroïques foulons, de pauvres tisserands,
Vécurent sans faiblir de longs mois de détresse ;

Confiant, il attend qu'en haut de son beffroi,
L'horloge sonne enfin cette heure vengeresse
Qui lui ramènera, victorieux, son roi !

———————

BRUGES

Surpris, effarouché par le canon qui tonne,
Le vol des cygnes blancs a fui le lac d'Amour.
Sur le bord des canaux paisibles, chaque jour,
Du vainqueur insolent et dur, l'éperon sonne.

Dans le cloître où priaient jadis les douces nonnes,
Dans la salle où Memling, en son heureux séjour,
De visages naïfs peignit le frais contour,
La plainte des mourants et des blessés résonne !

Nul ne verra passer sous le ciel de printemps,
La sainte ampoule, enclose en des ors éclatants,
Et les prélats, suivis du cortège des vierges.

Les confrères pieux n'inclinent plus leur front :
Ils se battent !... La lance a remplacé le cierge,
Et la fête du sang !... on la célèbre au front !

YPRES

Ypres, qui fut un jour capitale des Flandres,
N'entend plus résonner les carillons joyeux ;
Ses ogives, ses nefs n'enchantent plus les yeux,
Sa merveille de pierre est un monceau de cendres !

Elle a vu ses palais chanceler et se fendre,
Leurs murs ensevelir des trésors précieux,
La poussière voler, obscurcissant les cieux
D'où la foudre, en éclairs de feu, semblait descendre.

Elle est l'autel fumant de l'immolation,
Elle est une farouche et sombre vision,
Ses débris calcinés dressent de noirs fantômes !...

Mais ses fils, arrêtant l'aigle infâme en son vol,
D'un coin de la patrie ont su garder le sol :
Son enceinte en ruine est toujours un royaume !

———

PARALLÈLE

16 octobre 1915.

Ainsi, la fausseté germaine a fait école :
Chacun biaise, attend, jongle avec sa parole,
Garde, pour mieux mentir, un masque souriant !...
Puis, un jour, épeurés, les peuples d'Orient,
Abandonnant le droit, la justice idéale,
S'inclinent sous le joug de la force brutale !

Ah ! lorsqu'avec mépris, nous détournons les yeux
Pour ne pas contempler ce spectacle odieux :
Un prince, à qui la France aurait dû rester chère,
Mettant sa foi, son cœur et son glaive aux enchères,
Oublieux des bienfaits, traître à son protecteur,
Se rangeant aux côtés du Turc persécuteur,
Posant ses doigts tremblant d'un farouche délire,
Dans la main dont ses fils ont reçu le martyre !
Quand des hommes prudents, regardant égorger
Les alliés d'hier traités en étrangers,

Cherchent à travestir sous le titre de neutres
La lâche trahison de leurs âmes de pleutres!
Quand la griffe des rois n'est qu'un bout de papier,
Un chiffon!... qu'on lacère et qu'on jette au panier...

Quelle auguste grandeur prend ton geste, ô Belgique!
Toi qui, mise devant un dilemme tragique,
Sans hésiter un jour, sans compter tes soldats,
Sans mesurer longtemps la force de ton bras,
Te lançant, tête haute, en la vaste épopée,
Défendis ton honneur avec ta bonne épée!

TABLE DES MATIÈRES

MACON, PROTAT FRÈRES, IMPRIMEURS.

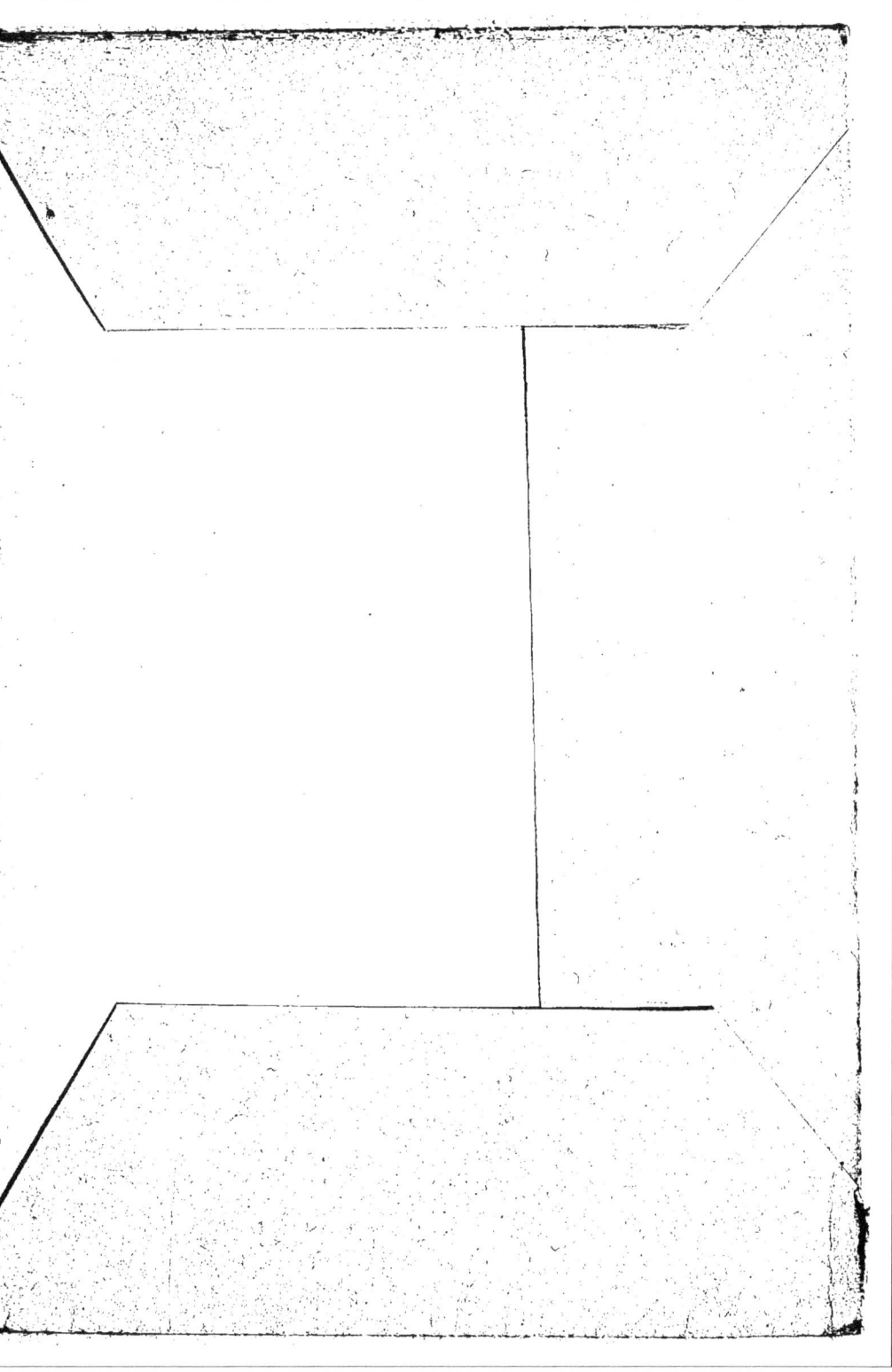

MACON, PROTAT FRÈRES, IMPRIMEURS.

www.ingramcontent.com/pod-product-compliance
Lightning Source LLC
Chambersburg PA
CBHW071251210626
46818CB00013B/936